바람을 낳는 철새들

바람을 낳는 철새들

초판 1쇄 발행 | 2021년 12월 22일

지은이 | 정선호
펴낸이 | 황규관

펴낸곳 | (주)삶창
출판등록 | 2010년 11월 30일 제2010-000168호
주소 | 04149 서울시 마포구 대흥로 84-6, 302호
전화 | 02-848-3097
팩스 | 02-848-3094

ISBN 978-89-6655-146-0 03810

* 본 도서는 경남문화예술진흥원의 지원금으로 발간되었습니다.

바람을 낳는 철새들

정
선
호

시
집

삶창

오랜 외국 생활을 마치고 귀국해 4년을 지냈다. 귀국 후 얼마 지나지 않아 마스크를 쓰고 회사에서 일했고 문학행사에 참여했다. 휴일에 문을 닫은 곳이 많아 집에서 가까운 주말농장과 주남저수지에 자주 갔다.

주말농장은 고대의 유물이 많이 발굴된 지역에 있어, 많은 역사적 사건과 흔적을 소환했으며 즐거운 상상을 했다

주남저수지는 겨울에 수만 마리의 철새가 날아와 겨울을 나는 철새 도래지다. 저수지의 풍경을 자세히 읽으며 몇 계절을 보냈다

2021년 11월
경남 창원에서

차례

1
부

벚꽃이 떨어지는 주말농장

다호리*의 산과 들에 벚꽃이 난분분한 봄날,
주말농장에 모여든 사람들이 밭을 갈고
고랑을 만들어 씨를 뿌리고 물을 주었다
농장 주변 벚나무의 벚꽃 잎들,
눈처럼 흩날리다 주말 농부들의 머리 위에
떨
어
졌
다,

떨어져, 이천 년 전 거기서 밭 갈던
다호리 주민들의 머리 위에,
야철지에서 쇠 만들던 제련공의
억센 팔에도 떨어졌다
이천 년 전의 주민들은 채소를 길러
씨를 받아 후손들에게 물려주었고
제련공도 쇠 만드는 기술을 물려주었다

후손들은 그것을 받아 밭에 씨를 뿌린 후
일주일 동안 해와 달이 뜨고
비가 오고 바람 부는 일들을 밑줄 그어가며
읽고 또 읽었다
공장에서 쇠를 만들어 깎고 다듬어
모든 이에게 쓸모 있는 물건을 만들었다

* 경남 창원시 동읍에 있는 마을. 초기 철기시대 유물이 다수 출토되었다.

저수지 방죽을 달리는 남자

한여름 정오 무렵, 중년의 한 남자가
저수지 방죽을 따라 달렸다
저수지 안 물풀들과 새들, 곤충들도
그를 따라 헤엄치거나 달렸다
저수지 안 연꽃들은 거친 숨소리와 땀내를 받아
제 향기에 보태 더 진한 향을 냈다

남자는 연꽃 향기 가득 안고
저수지 속 길을 따라 달리며
수많은 전생의 자신을 만났다
몇 년 전 자식에게 철새를 보여주던 현생과
수백 년 전 저수지에서 물고기 잡고
수만 년 전 논과 밭 일구고 철새들 잡던 전생을

그 길 따라 달리는 건 극락으로 가는 일이며
태양을 몸 안에 품고 사는 것이다
시시포스처럼 땀 흘리며 인내를 시험하고
신을 찾아가는 고행의 길이다

저수지 안 연밭에는 불경 외는 소리 흐르고
저수지의 살아있는 모든 것들 울어댔다
남자는 달리며 때때로 탄성을 지르거나
전생의 이웃들에게 인사도 건네며 달렸다

죽은 미술가의 그림을 경매하다

죽은 미술가들의 그림이 전시실에 걸렸네
미술가는 옥황상제의 허락으로 전시실에 와
그림을 사려는 사람과 흥정했네
남긴 작품들 인기가 여전히 좋아
사람들의 발길이 이어졌네

미술가는 팔린 그림값을 저승으로 가져갔네
저승의 재정은 그림을 경매하거나
죽은 유명 작가의 문학관 입장료와
계속 팔리는 책의 인세로 충당되었네

저승에서 돈을 버는 미술가와 작가들은
옥황상제 배려로 창작 활동을 이어갔네
그곳에서 미술가들은 그림 전시회를 열거나
작가는 책을 발간하거나 시화전을 열었네

이승에서 가난했던 시인들은 배고프지 않고
마음껏 쓰고 싶은 시를 썼네

그대, 미술관의 경매가 있는 날에 가보라
죽은 화가들이 그림의 경매를 핑계로
저승엔 없는 밥과 술을 먹고
퍼질러 앉아 노래도 부르다 경매가 끝나면
돈 가방을 들고 유유히 사라지는 것 보라

신라불교초전지 한옥마을*에서

신라불교초전지 한옥마을에서 모임을 가졌네
청년 시절부터 해온 모임의 이들 머리카락은
모두 반백으로 변했고
자식들과 떨어져 부부만 사는 가정이 많았네

새벽까지 작품을 평하고 일상도 얘기했네
고요함에도 나지막이 노래도 불렀으며
돌아가며 시 낭송도 하였네
그 소리는 도리사**의 목탁 소리와
들판의 개구리 울음소리와 섞여
합창곡 되어 산과 강에 울려 퍼졌네

천육백 년 전 신라에 불교를 전했던 아도도
한옥마을에서 숙식하며 도리사를 지었네
마을에 낙동강이 흐르고 비옥한 평야가 있어
절을 짓기에 좋았으며 완공 후엔
밤낮으로 목탁소리가 온 산하에 널리 퍼졌네

구미에서 시와 소설 쓰며 청년 시절 지내다
낙동강 따라 흩어진 이들,
천육백 년 만에 만났네
불경 소리, 개구리 울음소리를 가슴에 새긴 이들,
그날 불경 읽고 개구리 울음소리를 냈네

* 경북 구미시 도개면에 한옥으로 지어져 불교 체험과 휴식 공간으로 활용됨.
** 경북 구미시 해평면 대조산에 있는 절.

문자는 역사의 길이다

—〈문자문명전〉을 관람하며

전시장엔 붓을 든 이천 년 전 다호리 주민들과
관람하는 사람들이 뒤섞여 북적였다
주민들은 목판에 글씨 써 벽에 붙였으며
후손들은 그 글씨 읽으며 문자의 발전에
감탄과 칭찬을 했다

다호리 주민들은 그림을 그리기도 했으며
죽은 자의 무덤에 붓을 넣었다
망자들은 붓으로 지인들에게 편지를 보냈으며
후손들은 무덤에서 붓을 가져와
글씨 쓰고 그림을 그렸다

붓으로 신라가 삼한을 통일했음을 알렸으며
고려가 후삼국 통일하고
조선이 창건되었음도 알렸으며
대한제국이 일본에 합병되었음도 알렸다
대한민국임시정부가 세워졌으며 해방이 되었고
대한민국과 조선민주주의인민공화국이 따로

세워졌음을 알렸다

붓은 그동안 모든 사람들을 환호하게 했고
대성통곡하게도 했다

쑥을 뜯는 여인들

초봄, 햇볕 좋은 날에 저수지 방죽에서
중년의 아낙들 몇이 쑥을 뜯고 있어요
겨울 철새들 모두 떠나 적막한 저수지에
아낙들이 쑥을 뜯으며 나누는 도란거림이
물살처럼 저수지로 퍼져가네요

태초에 쑥과 마늘 먹고 여인이 된 웅녀는
환웅 사이에 단군을 낳고
단군의 부인은 딸들을 낳았지요
딸들은 수천 년 동안 딸을 낳아
여자들은 봄에 본능처럼 쑥을 뜯었지요

가야가 신라에게 무너지던 그해 봄에도
신라가 고려에 나라를 바친 그해 봄에도
고려가 왕조를 잃은 그해 봄에도
조선이 나라를 빼앗긴 그해 봄에도
여인들이 그 저수지의 방죽에서 쑥을 뜯었지요

쑥으로 음식 만들어 식구들에게 먹이고
자식들 공부도 시켰지요
후손들은 쑥 뜯던 제 어머니를 떠올리며
진한 쑥 향기 세상에 흩뿌리고 있네요

나의 기쁜 장례식

첫 번째 생에서 역주행하다 죽은 내가 운 좋게 두 번째 생애는 제명에 죽어 장례식 열렸다 생전 내가 이름 올렸던 여러 문인 모임에서 화환을 보내왔고 아들과 딸의 직장과 지인들의 화환이 장례식장으로 들어서는 길 만들었다 아들과 딸은 상주로서 나의 가는 길 배웅하는 조문객들 맞았고 며느리와 사위는 무덤덤하게 내 죽음을 받아들였다 장례식장에는 내가 남긴 시집 몇 권과 영정 사진 남았고 향나무 향이 저승 가는 길 안내했다

조문객들은 내 죽음이 호상이라며 유족을 위로했고 나와의 생전의 일들을 추억했다 동료 시인들은 장례식장에서 다시 죽음에 대한 깊은 사유를 했으며 직장 동료들은 같이 일하던 나와의 일들 추억했다 내 시집의 독자들도 내가 남긴 시집을 펼쳐 보며 생전의 내 생각들을 되짚어보고는 자신들 죽음의 순간도 떠올렸다 아들과 딸은 내가 남긴 유산과 유품들 처분을 따져보았으며 후배 시인들은 나의 유고집 발간에 대해 상의

했다

나의 세 번째 생은 그렇게 기쁘게 시작되었다

그해 성산패총*에 가다

그해 세계적 유행병으로 닫힌 성산패총에
우주인이 다녀간 흔적을 남겨놓았네

유행병으로 거리와 들녘은 맑고 깨끗해져
깨어난 선사시대 사람들과 우주인이 만나
함께 노래 불렀던 음표들이 떠다니고

오랫동안 비행접시가 지구에 왔지만
모습만 보이고 금방 지구를 떠난 것은
많은 공해와 해로운 바이러스 때문

박물관 안 패총에 고대인들도 되살아나
하천에서 조개를 캐고
야철지에서는 담금질이 한창이다
비행접시에서 내린 우주인들은 고대인에게
생활양식과 지식을 전해주었고

그대, 유행병이 사라지는 날 오거든

성산패총에 가 우주인들이 다녀간 흔적을 보라
그들이 세워놓은 즐비한 교신 안테나와
고대인들이 잠시 살다 간 흔적을 찾아보라

*경남 창원시 외동에 위치한 철기시대 초기의 패총.

캠핑장은 꿈속에서 날아다니지

운동장에 해변에서 가져온 자갈을 깔고
아이들의 맑은 미소와 재갈거림을 빚어
캠핑장은 만들어졌지

평일에는 세종대왕과 이순신, 이승복만
바닷바람에 썩지 않고 되살아나
예전의 아이들과 같이 공부하지

가끔 졸업생들도 학교에 나타나곤 하지
그들은 졸업 후 수십 년이 흘러서도
가끔 꿈속에서 학교를 다니곤 하지

캠핑장은 학교의 미래가 되었지
휴일에도 등교가 있고 하교가 있는

휴일엔 세종대왕이 용포를 잠시 벗고
이순신 장군이 갑옷과 칼 잠시 내려놓고
이승복이 공비에 대한 두려움 잠시 놓고

캠핑하러 온 아이들과 어우러져 놀지

몇 해 후 캠핑장도 사라질지 모르지만
아직까지
캠핑장은 아이들의 꿈속에서 날아다니지

노인들의 봄 소풍

공원에서 노인 몇이 게이트볼 하네요

초봄, 운동장 울타리로 쓰이는 개나리는
노인들이 돌아가며 게이트볼 치는
탁,
탁,
탁 소리에 놀라 꽃망울을 터뜨리네요

오랜만에 그 소도시의 공원엔 노인들의
시끌벅적한 소리에 깜짝 놀란
목련, 진달래, 벗나무 숨결이 가파지네요

언제부터 그 공원 놀이터와 잔디밭에서
젊은 사람들을 보기 어렵게 되었지요
놀이터에서 왁자지껄한 아이들 소리와
둘러앉아 노래 부르던 청년들은 어디로,
어디로 떠났나요

초봄도 그렇게 노인들처럼 잠시 머물다,
머물다, 언젠가 그곳을 떠날까요

노인들은 게이트볼 하면서 휴대폰으로
자식과 손자들에게 안부전화도 하네요
노인들은 그 소도시의 공원에 다시
아이들과 청년들이 돌아오는 꿈꾸겠지요

봄은 쓰윽 왔다가 쓰윽 간다

봄꽃들 만발한 아침, 트럭에 붙여놓은
택배 회사 광고가 쓰윽 눈에 들어왔지
광고 모델인 여배우의 십 년 전 모습도
내 가슴 속에 쓱 들어왔지

순간 내 가슴이 쿵쿵거리지
봄꽃도 피기 시작하는데 연애나 해 볼까

여배우는 십 년 전에 봄의 전령이었지
지금도 여전히 인기 있지만
예전보다는 덜 한 것 같기도 하네
대신 연기가 무르익고 깊어졌다나

여배우는 오늘도 십 년 전 봄을 싣고
산과 들을 지나 누구의 집으로 가지
사람들은 집에서 봄기운 물씬 나는
물건을 받고 기뻐하지

나는 청년 시절 보내고 여름 지나
가을을 지내고 있지
가을을 지내는 내게 봄은 그저 잠시
매년 쓰윽 왔다가 쓰윽 갈 뿐이지

그래도 올봄엔 연애나 한번 해볼까

연꽃 씨의 여행

신라의 어느 산성에서 잠자던 연꽃 씨가
후손들 손으로 땅에 심겨
이천 년 만에 꽃을 피워냈다

연꽃 씨는 신라 시대부터 오늘날까지
일어난 모든 일들 씨 안에 적어놓았고
죽은 이와 환생한 사람들 이름을 모두
빼곡하게 적어놓았다

연꽃 씨는 그동안 세계를 일주하고
우주의 모든 별들에 가
씨를 뿌려놓기도 했다

그대, 한 천 년 후에 환생해보라
우주의 모든 별들에 연꽃들이 만발하고
지구에 극락세계가 펼쳐져
모든 이들이 평화롭고 행복하게 지내는 것 보라

가야인의 겨울

가야인들 저수지 주위에서 오리와 새 잡고
저수지 안에서 얼음을 깨 물고기를 잡았네
많은 철새들은 추위 피해 저수지에 왔지만
가야인들의 풍성한 음식이 되었네

가야인들은 겨우내 토기며 베를 짜 옷을 만들고
한해의 농사와 가축 키울 준비 했네
야철지에서 쇠를 만드느라 분주했으며
하인들은 상전의 몸에
장식할 구슬을 만들었네

마을의 한 노인이 죽은 사람을
널무덤에 넣어 땅속에 묻었네
무덤에 수저와 토기며 붓을 넣어
죽어서도 저승에서 살아갈 수 있게 했네

가야 사람들은 이천 년 후에 환생하여
저수지에서 철새들을 구경하고 사진을 찍었네

마을에서 농사를 짓거나 가축을 기르고
공장에서 쇠로 탱크나 로봇을 만들었네

시금치밭을 지나다

겨울, 남해 바닷가 따라 있는 밭에서
시금치들이 잘도 자라고 있어요
흙은 시금치에게 진한 젖을 먹이고
햇볕은 알갱이들을 날마다 뿌려주지요
해풍이 세고 센 기운을 담아 시금치에게 주면
시금치들은 바람을 붙잡아 영양을 쌓고 있어요

예전엔 시금치를 팔아 자식들을 가르쳤고
지금은 손주들 위해 시금치를 키우는 노인들,
대처에 보낼 시금치를 캐고 있어요
시금치같이 생기 있는 시절을 보내고
노년에도 시금치 키우고 있지요

평생 바닷바람을 친구로 두고 살아 와
몸 안 여기저기에 바람의 흔적이 있지요
온몸의 혈관에는 푸르디푸른 피가 돌고

노인들의 푸른 피는 강처럼 흐르고 흘러

언젠가 끝내 바다로 들어가겠지요

2

부

바람을 낳는 철새들

늦가을, 독도법에 능숙한 철새들이
시베리아의 찬 바람을 안고
소속부대로 복귀하듯 저수지로 왔다

철새들이 제 깃털로 바람개비를 만들어
저수지 방죽에 심어놓았다
바람개비들은 철새가 안고 온 찬 바람과
남녘에서 불어 온 바람에 거세게 돌았다

바람개비들은 돌아 전기를 만들어 나무에 보내
철새들이 날아다니는 길을 환히 밝혔다
전깃불은 마을도 환하게 비춰 불빛에
죽은 영혼들이 깨어났다

영혼들은 활과 창을 들고 물고기를 잡으러
저수지에 갔고 아침이 오면
바람개비 속으로 들어가
지도를 따라 저승으로 되돌아갔다

철새는 바람을 끊임없이 만들어
사람들에게도 풍요로운 힘을 전했다

그해 봄날의 유감

그해도 봄바람 불고 꽃들은 제 숙명에 맞게
여느 해 봄과 같이 하염없이 피고 졌는데요,
사람만 꽃들과 새싹들을 가까이서 보지 못하고
직장이 아닌 집 안에 머물러 일을 했거나
학교 대신 집에서 수업을 하였지요

산과 들에 겨울잠에서 깨어난 개구리는 알을 낳고
곰들이 새끼 데리고 새싹을 뜯어 먹는 동안
들판과 거리엔 마스크 쓴 사람들이 오고 가고
경건하게 사람들 사이를 벌렸지요
지구에는 침묵과 적막만이 가득했지요

자연은 그대로인데 사람들만 변한 것이었나요?

쉿, 귀 열고 가만히 추억해보세요
사람들 집 안에서 오랜만에 자주 모여
도란도란 정을 나누며 밥 먹었지요
유행병으로 고생하는 이웃들 도왔으며

떨어져 지내는 직장의 동료와 학교 친구들,
선생님들을 많이 그리워했지요

무엇보다 사람들은 저마다 앞으로
유행병이 생기지 않을 방도를 생각했지요
사람이 만물의 영장임을 내세우지 않고
자연의 하나임을 분명히 알아갔지요

그해 봄, 유행병으로 사람들 더 가까워졌으며
서로 경쟁보다는 사랑을 하게 되었지요
나라와 민족 사이에도 반목보다는 도움을,
맑고 깨끗한 지구를 함께 만들기로 약속했지요

2월, 주남저수지에서

저수지에 한겨울 지나 봄이 오고 있네
억새는 겨우내 흔들리다 명을 다하여
땅속의 어린 싹에게 작별 인사하며
같이 살다 죽을 이웃들 이름을 알려주는

철새들도 고향으로 돌아갈 채비를 했으며
고향이 다른 철새들과 작별 인사를 나누었네
해마다 철새는 늘었으나
다가오는 봄기운에 아쉬움은 여느 해와 같은

몇 명의 노인도 저수지 방죽을 걸으며
철새들과 작별 인사했네
노인들은 기나긴 한겨울의 날들을 추억하고
자식들과의 허전한 안부를 떠올리는

사그라지는 억새풀들 어루만지며 배웅했고
어린 싹에게 축복을 주네
저수지 안 나무들도 철새와 작별 인사하며

가지와 꽃봉오리에게 젖을 먹이는

2월, 주남저수지엔 철새들이 작별 인사하고
죽어가는 것들은 자식에게 생을 물려주거나
자식을 얻기 위한 준비로 땅이 들썩이네

지구의 행진*은 계속된다

수없이 대본을 외워 연기하거나 노래 불러
사람들 웃거나 울게 하고 감동을 주던 사람들,
자신은 대본 없이 젊은 시절 보내고
불혹과 지천명에 홀로 지내는 이들 모였다

배우자와 불화로 이혼했거나
한쪽이 병이나 사고로 죽어 홀로 된 사람들,
2주에 이틀간 시골집에서 같이 지내며
대본 없이 두 시간 분량의 생을 연기했다

창조자는 지구가 유지할 수 있게 사람에게
이성에 대한 관심과 사랑을 갖게 했다
사람들은 그것으로 결혼하고 자식을 낳아
지구와 한 나라가 유지되고 발전했다

배우들은 방송 중에도 이성에 관심을 갖고
사랑으로 상대방을 배려했다
어느 배우 둘은 방송 중에 사랑이 이뤄져

마침내 결혼해 가정을 이루기도 했다

지구는 언제나 이성 간의 사랑이 충만했다
그 사랑이 없다면 지구는 사라지는 거다

* 1980년대부터 1990년대 초까지 방영된 음악 프로그램 이름을 변형함.

저수지의 배부른 철새들이란

저수지 위를 뒤뚱거리며 나는 철새 좀 봐

저수지 안의 물고기와 벌레들 잡아먹은 후
저수지 밖의 논에 뿌려놓은 먹잇감 찾아
뚱뚱한 철새들이 날아가고 있네

전생에선 가난했던 나라의 저수지에 와
주민들의 활을 맞거나 청산가리를 먹어
제명을 다하지 못하고 음식이 되곤 했지
언제나 불안한 비행을 하다가 봄이 오면
배고픈 배를 안고 시베리아로 돌아갔지

현생에 저수지가 있는 나라는 부강해지고
주민들은 더 이상 철새들을 잡아먹지 않지
관광객들이 철새를 보러 구름같이 몰려들고
철새들은 저수지와 들판에서 배불리 먹는 것과
하루에 몇 번 무리 지어 나는 모습만 보여주면 되지

저기 뒤뚱거리며 시베리아로 떠나는 철새 좀 봐

노자도 두둑이 챙겨 떠나는 철새라는 것들

바람의 다른 사랑 방식

지구가 생기면서 바람이 불었으며
바람은 자식을 낳아 후손들에게
사람과 자연을 사랑하는 여러 방식을
물려주었지

바람은 지구의 기후와 날씨를 정했고
다른 위도와 지형에 맞춰 생겨나
지구의 모든 생물들에게 골고루
사랑과 먹이를 나눠 주었지

사람들은 생겨나면서 그걸 소중히 여겨
바람의 사랑을 듬뿍 받아왔으나
때론 만물의 영장임을 내세웠다가
바람에게 종종 혼쭐나기도 했지

사람들은 다시 바람의 소중함 알아
사람과 자연의 생명과 대기를 해치는
땅속의 석탄과 석유는 쓰지 않고

바람의 힘 빌려 쓰기 시작했지

아무런 공해 없고 설치 비용이 적어
들과 바다에서 바람을 붙잡아
전기를 만들어 지구를 살리고 있지

사람들은 바람의 다른 사랑 방식을 알게 되었지

공원에 개들이 모였다

초봄, 기르는 개 데리고 공원에 갔지요
개는 새싹들 꿈틀거리는 소리를 들었는지
땅을 향해 짖거나 발을 두드려보기도 하지요
컹컹,
새로 돋아난 민들레며, 쑥과 풀 냄새 맡고
간혹 풀들을 뜯어 먹기도 하지요
컹컹

개는 땅 위에서 풀냄새 맡으며 살았던
먼 전생의 기억을 더듬어보기도 하고
흙냄새 맡으며 아무 데나 똥과 오줌 누었던
유전자의 조합도 따져보고
고대부터 사람들과 지냈던 날들 떠올리네요
끙끙

한국에서 주인과 잘 지내다 끝내는
주인의 음식이 되기도 했고
주인의 무덤에 순장을 당하기도 했던 개들과

서양에서 제명을 다하고 죽었던 개들이
공원에 모여 서로의 안부 묻고 있네요
컹컹, 끙끙

호랑이꽃*

죽은 호랑이들 무덤에 꽃 피었네

무더위와 장마가 이어지는 산과 들에
수많은 호랑이들 출몰했네
호랑이들은 두 발을 땅속에 묻고
바람에 흔들리며 으르렁댔네

꽃은 피웠으나 불임의 세월 지내는
운명을 원망하지 않고
순결한 몸을 지키려 울어대는
검은 반점의 호랑이꽃들,

호랑이를 닮아 겉은 강하고 단단하나
순결을 지킨 처녀의 전설처럼
맑고 깨끗한 여름의 산과 들을 지켰네

밤낮으로 소나기 내린 후
햇볕이 쨍쨍 내리다가 매미 울음 그치면

끝내 줄눈을 안고 땅에 떨어졌네

줄눈에 호랑이 유전자 가득 차 있네

• 참나리의 별칭.

죽은 짐승들 쌓인 도로를 달리다

도로에 차에 치여 죽은 짐승들 가득하다
사체들 그득한 그 위로 차들이 달렸다
전국에 산 우거지고 많은 짐승이 번식하며
도로에서 죽는 일이 많아지면서
많은 시인들은 '로드킬' 제목으로 시를 썼다

차 운행 중 짐승을 죽임이 사람 탓만은 아니며
죽은 짐승에게 미안함이 있긴 하지만
깊이 애도하기에는 너무 흔한 일이라는 것
그래서 일부러 외국어를 갖다 쓰면
죄는 아니지만 덜 미안해지지 않을까 하는

죽은 고양이가 호랑이로 환생하는 꿈꾸고
죽은 고라니는 야행성인 자신을 자학하며
죽은 족제비는 운명을 탓하며 걸어서
서서히 저승으로 가고 있다

짐승들은 자동차 없는 저승 가는 길에서

사람들에게 거듭 사죄를 받았다
저승 관리의 판정 기다리며 걷는 동안
도로에 죽은 짐승들이 끝없이 들어찼다

죽은 시인들도 제 시집을 몇 권 들고 와
시 제목 '로드킬'은 지우고
저승 관리의 심판을 기다리며 말없이 걸었다

유행병 도는 날들의 사랑

그날, 도시 거리의 사람들이 마스크 쓰고
서둘러 귀가하는 이들 사이로
몸을 바싹 붙여 걷는 한 쌍의 연인,
건널목에서 신호를 기다리는 동안에는
더 바싹 붙어 사랑을 나누었네

코로나19 감염 증세는 수그러들지 않아
카페와 식당, 영화관이 문을 닫았네
젊은 연인들은 마스크를 쓴 채
공원이나 허가 난 곳에서만 만났네
결혼식이 취소나 연기되어 출산이 줄었네

그 사랑의 바이러스는 차 안에서 쳐다보던
사람들 가슴에도 연애의 감정을 일으켰고
나라의 미래도 밝게 했으며
우울한 일상에 한 줄기 희망을 주었네

이제, 사람들은 자연에게 해를 가하지 않으며

지나친 물욕도 버리고
동물과도 잘 어울려 지내기로 다짐했네
후손에게 사랑의 바이러스를 온전히 넘겨
맑고 건강한 지구를 만들기로 약속했네

호박꽃 전등

그 마을은 호박꽃 전등으로 환해졌지

여름 지나고 짧아진 해가 떨어지자
호박은 서둘러 전등을 켰지

호박은 여름내 많은 햇볕을 저장했으며
뿌리에 있는 태양광발전기를 돌리자
줄기 통해 꽃에 불이 들어왔지

꽃은 마을을 한참 동안 밝히다가
새 생명을 만들고
새 생명이 자라자 전등에 푸른빛을 넣었지
전등에 점차 푸른빛이 짙어지면서
끝내 생을 다하고 말았지

애호박의 배에 수백 개의 씨가 생기고
배가 불러갈수록 씨는 여물었고
태양광발전기도 생겼지

선사시대부터 해를 품은 호박씨가

그 마을 후손들에게 오래 전해져왔지

나무는 지구의 미래다

—창원수목원에서

그 도시는 첨단 기계공업의 요람이며
한국 노동운동의 산실이지요
그곳에 수목원이 들어섰지요

휴일, 도시에 공장을 짓거나 도로를 만들고
노동자의 권익과 복지 향상을 외치던 이들,
그들 아들과 손자들 수목원에 가득하네요

수백 년 동안 세계의 많은 숲이
공장과 도로가 생기면서 없어졌지요
거기에서 많은 탄소가 나와
지구에는 많은 기상이변 생기고
생태계가 심하게 파괴되었는데요,

쉿, 수목원 나무에 가까이 가서 보세요
나무들이 탄소를 힘껏,
정성스레 빨아들이는 것 보이나요

결국, 나무는 지구의 미래가 되었네요
미래에 세계의 모든 사람들은
나무 아래 깊고 편안하게 잠들 수 있겠지요

태양을 품다

지구가 생기면서 모든 생물들은
태양의 커다란 사랑으로 생기고
살아가며 자손을 낳고 죽었지
다시 태어나서도 여전히 은혜를 받았고
그것을 위해 제사 지내거나 숭배했지

사람들도 생겨나면서 태양의 사랑받아
수만 년 동안 태양에 순응하며 살았지
그러다 땅속의 석탄과 석유 마구 쓰다가
사람과 자연은 죽음의 위기를 맞았지

화력발전소에서 내뿜은 매연이 공기 달구어
북극과 높은 산의 얼음 녹아
날씨가 변하고 많은 생물이 죽어갔지
여기저기서 홍수 나고 오랫동안 가물어
사람과 자연이 죽어갔지

이제 더 이상 석탄과 석유를 쓸 수 없지

다시 태양의 힘을 빌려
전기를 만들고 물을 데우고 있지
사람과 자연에게 아무 해가 없고 쉽게 지어
사람과 자연을 살리기 시작했지

태양은 모든 사람 품으로 더 깊숙이 들어갔지

아파트

나는 석기시대에 움막에서 산 적 있으며
고구려에서는 초가집에 살았던 적 있지
고려시대에는 기와집에서
조선시대에는 대궐에도 산 적 있지
지금은 아파트에서 살고 있지

닭장 같은 아파트가 좋진 않지만
생활이 편하고 이웃들이 좋아
결혼해서 아이 낳아 키우며 죽 살고 있지
아이들 커가며 평수도 늘렸지

아파트 평수가 늘어갈수록 채소보다는
고기를 자주 먹고 위벽을 단단히 쌓아갔지
아파트 안에는 온통 죽은 돼지와 닭,
소와 오리가 울어대지

그런 아파트 벗어나 새로운 아파트를 찾지
해제된 그린벨트에 새로 짓는 아파트를 살까

산을 깎아 짓는 아파트를 구할까
논과 밭 위에 짓는 아파트를 살까

아파트에서는 보일러가 내뿜는 연기와
오수들이 땅속에 스미지
썩지 않는 물건들이 강과 바다에 버려져
물고기들 몸속으로 들어가지

그걸 먹은 사람들의 몸이 썩어가지
집 안에 죽은 짐승들의 피가 흥건하고
죽어가는 소리가 끊이질 않지

3
부

육사에게 묻다

당신이 독립운동 하다 잡혀 죽어갈 때
이광수, 주요한, 최남선, 서정주, 김동환
김동인, 모윤숙, 채만식, 최정희, 유치진은
청년들을 세계 여러 전쟁터로 보내고
처녀들을 위안부로 보낸 일제를 도운 일을
당신은 지금도 떠올리지요

수차례 붙잡혀 감옥에 갇히면 갇힐수록
조국의 독립 의지가 강렬해지던 당신,
순간, 죽음이 두렵지 않던가요
한 번쯤 반역의 길 가려 고민하지 않았나요

당신 희생으로 맞은 해방의 기쁨도 잠시,
친일 행위한 많은 사람들이 세운 나라에서
노천명, 박영호, 유진오, 정비석, 이원수,
조연현, 유치환, 김기진, 박영희, 백철이
뛰어난 문인으로 추앙받는 걸 보며
저승에서 크게 분개하지 않았던가요

친일 문인 기려 만든 문학상을 만든 이와
반성하지 않는 반역의 무리를 처단하려
혹시,
올곧은 문인으로 다시 태어나지 않았나요

저승에서 친일했던 문인들을 바른길로 이끌고
이승으로 환생해 올곧은 문인의 길을 걷는
육사 시인, 당신은 지금 어디에 있나요

너무 아픈 사랑은*

군사정부 시절, 민주화운동 하던 그는
수차례 경찰에 잡혀 많은 고초를 겪었다
민주화된 후 다시 나라 위해 일하다가
고초를 겪으며 얻은 병으로 일찍 죽었다

민주화운동 시절, 많은 젊은 열사들은
민족과 나라를 너무 아프게 사랑해 죽었다
만약에 그들의 너무 깊은 사랑이 없었다면
지금 시를 쓰는 나는 없었을 거다

한 시인은 세상과 사람을 너무 사랑해
젊은 시절엔 민주화운동 하며 시를 썼다
나중엔 지역의 아픈 역사와 문화 발전 위해
제 몸 아끼지 않고 글을 써 세상에 알렸으나
지병이 악화되어 환갑을 넘기지 못했다

사람은 누구나 태어나면서 옥황상제에게
명을 받고 태어나, 명에 따라 죽었다

그중 너무 아프게 무엇을 사랑한 이는
다른 이보다 일찍 명을 받은 이 많았다

너무 아픈 사랑을 한 그들, 좋은 시 남기고
좋은 음악과
좋은 세상 남기고 일찍 먼 길 떠났다

* 고(故) 김광석 가수의 노래 가사 중 일부 인용함.

봄꽃들이 밥으로 피었다

공장 해고자들의 천막 농성장 주위에
개나리꽃이 노란 깃발처럼 피었다
긴 농성에 지쳐 떠난 공공근로자 일터에도
제비꽃이며 진달래꽃 다투어 피었다

지난가을 농민들이 갈아엎은 채소밭에
겨우내 살아 있던 것들 꽃을 피워냈다
더는 농사짓지 않겠다고 마음먹은 농민들 위해
민들레들이 아침밥 지어놓고 그들을 깨웠다

여러 색의 매화꽃과 노란색 유채꽃이
톡,
톡,
톡, 톡
튀밥처럼, 힘찬 투쟁 구호처럼 피었다
봄꽃은 배고프고 추운 이들 위해 피어
온 산과 들엔 밥이 가득했다

21세기가 한참 지나서도 봄꽃들은
겨우내 가슴 아픈 사람들 배 속에 맺혀
봄에 밥으로 태어나기를 되풀이했다

교도소와 봄꽃들

교도소 밖 들녘에 매화꽃들 피었는데요
매화는 겨우내 교화 수업 엿들어
진리와 정의를 담은 꽃 피워냈지요

주위의 산에 핀 목련도 교도소 기운 받아
소년범처럼 활짝 웃으며 피었지요
이름 없는 꽃들은 죄수들 이름을 하나씩 받아
질 때까지 가슴에 달고 살다 땅속에 묻혔지요

봄꽃들은 일제강점기에 교도소 세워진 후
독립운동과 노동운동 하다 입소한 사람들,
좌익운동 하던 이들의 희망과 기대였지요
4월혁명 때와 유신 시대 봄에도
정치범들 위해 기운과 향기를 전해주었지요

민주화와 노동운동 하다 붙잡힌 이들에게
진달래는 붉은 희망을 전했지요
민주화운동으로 투옥된 학생들에게

개나리는 젊음과 패기를 보여주었지요

지금, 봄꽃들은 교도소에 정치범 없어지고
생계 위해 죄지어 감옥살이하는 이들과
경쟁에서 낙오한 소년범 없어
교도소가 허물어질 날만 셈하지요
허물어지고 거기에 뿌리 내릴 꿈꾸지요

4월에 핀 꽃들

—경남 민미협 〈촛불혁명과 평화의 창〉展에 부처

올해도 4월에 많은 꽃들 피었다
유채꽃, 개나리, 진달래와 이름 없는 들꽃이
남녘에서부터 북녘의 모든 산과 들에 피었다
몇몇 화가는 캔버스에 꽃을 보기 좋게만
알록달록한 무늬로 그려 넣기도 했지만

유채꽃과 동백꽃 핀 4월의 제주 사람들은
해방 후 정부에 의해 수만의 양민들이
억울하게 죽은 커다란 아픔 갖고 있다
매년 추모제 열리고 평화공원과 학살 장소에는
산 자들과 가족들 통곡과 눈물 끊이질 않아
제주에서 4월에 피는 꽃은 아픔이며 피눈물이다

1960년 4월, 수많은 꽃들 손을 잡고 어깨 걸어
거리에서, 광장에서 정의와 민주주의를 외쳤다
총에 맞은 꽃들 떨어져 온 나라의 땅은
진달랫빛으로 물들었으며 혁명을 이루었다

수년 전 진도 팽목항 근처 바다에서는
배에서 수백 송이 꽃들이 바다에 떨어졌다
부정하고 무능한 정부는 떨어지는 꽃들
구해 낼 의지 없이 그저 바라만 보았다

4월에 그 바다에 떨어진 꽃들은 마침내
아픔과 피눈물이며 혁명의 씨앗이 되었다

4월의 모든 꽃들은 부활해 촛불혁명을 일으켜
마침내 당당하게 나라의 주인이 되었다
불의와 부정이 가득한 정부를 몰아내고
평화와 남북통일 위해 북녘 사람들과 손잡고
그림을 그리고 평화의 노래를 불렀다

우리나라에서 4월에 핀 꽃들은 정의이며 혁명이고
평화이며 통일이다

자주와 민주주의, 인권의 소중함을 가슴에 새기다

—창원 강제징용노동자상 제막식에 부쳐

일제는 한국을 합병 후 수탈과 핍박을 가하다가
수백만 명의 한국 젊은이들을 일본의 여러 곳과
중국, 대만, 동남아시아와 태평양의 섬에 보내
탄광, 수력발전소, 철도 공사장, 도로 공사장,
군수공장, 군사기지 공사장에서 노역을 시켰다

노동자들은 노역에 대한 보상을 받지 못하고
통제와 폭력에 시달려 죽은 사람이 많았다
고향의 가족 그리며 해방의 꿈으로 일했으나
병에 걸리거나 맞아 죽은 이가 많았으며
원자폭탄에 죽거나 피폭이 되기도 했다

해방이 되어 살아 돌아온 이들은
제대로 사과와 보상을 받지 못했다
오히려 아픔을 가슴에 묻고 열심히 일해
한강의 기적을 이뤘다
뒤늦게 일본에 배상을 요구했지만
1965년 한일협정에서 해결되었다며

아무 사과와 보상이 없다

지금, 전국의 뜻있는 사람들 힘 모아
곳곳에 강제징용노동자상을 세우고 있다
경남 창원에도 그것을 세우는 것은
일제의 만행을 다시 세상에 알리는 일이며
희생자의 넋을 기리고 명예를 회복하는 거다
나라의 자주와 민주주의, 인권의 소중함을
모든 사람들 가슴팍에 분명하게 새기는 일이다

5월, 다시 광주에서

5월, 광주는 아직도 눈물이 마르지 않았다
아직도 밝혀지지 않은 진실과
행방불명의 사람들
가해자의 반성하지 않는 뻔뻔한 모습에
금남로와 망월동 묘역은 울음바다였다

망월동 묘역에는 기념하는 수많은 리본과
현수막이 바람에 나부꼈다
묘지에 묻힌 사람들은 여전히 변치 않고
교복 차림이거나 청년으로 웃고 있다
조문객들 눈물을 훔치거나 훌쩍이고
주먹 불끈 쥐고 노래 부르는 이 많았다

전국에서 온 고등학생과 대학생들도
광주민주화운동에 대한 설명을 듣고 참배했다
대학 입시와 취업 준비에 내몰린 청년들이
질곡의 역사를 가슴팍에 새겨 넣었다

많은 민주화 항쟁과 혁명도 분단으로 생긴 일,
통일이 되어야 함을 다시 청년들에게서 보았다
당장 아니라도 남북 사이에 평화가 유지되어
남한 자본으로 북한에 공장과 도로를 지어
남북에서 경제발전을 이루어야 함을 보았다

그래야 경제의 민주화도 이룰 수 있고
평등하고 경쟁 없는 학교를 만들 수 있다
등록금 걱정 없이 대학에 다니는 나라,
학생들이 동아리와 문화 활동하는 나라를
광주의 영령들과 힘 모아,
힘 모아 만들어야 함을 분명하게 보았다

국가란 무엇인가
―남북 이산가족 상봉인들 보며

도대체 국가란 무엇인가

수백만 가정의 부모와 형제, 자매가 떨어져
평생 한을 안은 채 살아가게 하는가

흩어진 이산가족은 늙어 죽어가는데,
그들에게서 세금을 받고
그들 자식들이 국민으로 있는 국가는
과연 그들에게 무엇을 해주었던가
휴전선 만들어 철도와 도로를 막고
통신을 끊어 서로 안부도 모르게 하는
국가가 도대체 어디에 있단 말인가

한 살배기 아이 두고 잠시 남하한
어미와 아이를 평생 갈라놓았고
전쟁 중 피난선에 줄 서서 기다리다
함께 승선하지 못해 헤어졌던 가족들을
국가는 왜 만나질 못하게 했던가

전쟁 중에 잠시 헤어졌던 부부가
휴전협정 후 상봉의 날 기다리다 지쳐
각기 새로운 가정을 만들도록 국가는,
국가는 왜 그들의 약속을 지켜주지 못했는가

70년 만에 만난 가족들을 또 기약 없이,
기약 없이 떠나게 하는가
통일한다며 말로만 언제까지 그들에게
기대와 희망만을 줄 것인가

마래터널*에 마음을 새기다

마래터널 입구에 여순사건 희생자들의
합동묘지와 위령비가 세워져 있다
일제강점기 강제징용자들이 만든 터널 안 걸으며
한국전쟁 전후로 희생된 730여 건의
학살 사건과 수십만 희생자들을 되새겼다

이승만 정부는 이념과 생각 다른 이들을
무작정 죽였다
친일 분자들을 제대로 청산하지도 않았으며
정부, 군인과 경찰의 요직에 등용했다
그들은 정부의 지시에 충실하게 양민들을 죽였다

살아남은 유족들은 혹독한 군사정부에서
희생자들 추모를 못 하고 숨죽이며 살았다
연좌제로 관청에 등용되지 못했으며
통한과 질곡의 세월을 살았다

1987년 민주화 후에야 사건들 밝혀져

조금은 명예 회복이 되고 배상도 있으나
아직 명예 회복도 되지 않는 사건들이 많다,
아직도 그들 희생을 인정하지 않는 이 많다

터널 안 걸으며 다시는 이 땅에서
이념으로 사람들 죽이거나 가두지 않으려면
힘과 지혜 모아야 함을 가슴에 새겼다

어둡고 기나긴 터널 지나 바다에 이르러
정의와 평화의 노래를 크게 불렀다

＊전남 여수시의 마래산을 통과하는 터널.

다산초당에서 편지를 읽다

군에 간 아들이 편지를 보내왔다
오랜만에 편지지에 답장을 적어
낯선 곳에서 고생하는 아들에게 보냈다

어느 날 남도의 섬들 둘러보다 다산초당에 가
이백 년 전, 유배 중인 다산이 적은
『유배지에서 보낸 편지』를 읽었다
이십 년 동안 아버지로 살아온 나를 읽었다

일제에 항거하다 아버지보다 먼저 죽은 열사와
동족 간의 전쟁에서 총탄 맞아 죽은 군인,
전쟁 중에 죄 없이 군인과 경찰에게 총살당한
아들 시신을 묻었던 아버지들의 편지를 읽었다

독재 정부에 저항하다 죽은 자식을 땅에 묻고
팽목항 차가운 바다에서 죽은 아이를 보내고
일하다 벨트에 끼여 죽은 비정규직 아들을 보낸
이 땅 아버지들의 눈물 묻은 편지를 읽었다

죽은 자식의 시신을 안고 속으로

속으로만 울었던

아버지들 편지를 다산초당에서 읽었다

정착민들

한국전쟁 때 민간인 학살 사건 희생자를 추모하고
유족들 아픔 달래는 책의 출판기념회 있던 날,
유족들은 칠십여 년 동안의 설움을 잠시나마 풀고
서로 아픔을 위로하며 감사해했다
평화와 인권이 가득한 나라를 위해 기도했다

행사를 마련한 문인들과 유가족들이 참석했지만
준비한 자리가 많이 비었다
빈자리에 희생자들 영령이 앉았다고 위안했지만
아쉬워하며 출판기념회가 끝나고 이어진
춤 공연과 농악 행사에도 자리를 뜨지 않았다

어느 순간, 공연장 지나던 외국인 노동자들이
빈자리를 가득 채웠다

요즘 한국 사람들 꺼리는 일 대신하는
외국인 노동자가 많이 살고 있다
정부는 그들에게 국민과 같이 최저임금을 주게 하고

여러 시민단체에서 그들의 인권을 지켜주려 하지만
아직도 임금을 착취하고 차별하는 사람들 있다

한국전쟁 때 전국에서 일어난 민간인 학살 사건도
국민을 이방인이라 여긴 자들이 저지른 만행이다
유대인들은 아직도 이방인들을 차별해 죽이고 있다
외국인 노동자들은 이방인이 아니다

사람은 어디에 살든 정착민이며 사회의 일원이다

당신의 주름살에서 꽃으로 피어났다*

—이 땅의 모든 장세근 선생에게

민미협의 회원전 개막식이 끝나고 뒤풀이 시간,
선생은 학교에서 참교육과 민주화운동을 하다
안기부에 끌려가 고초를 당했고
전교조 활동하다 십 년 동안 해직을 당했다 했지요

선생이 한창 활동할 때 나는 청소년기 보내며
선생 같은 분을 만나지 못해 참교육을 몰랐지요
대학 생활을 시작하고 시위에 몇 번 참여하자마자
6월항쟁과 6·29선언이 있었기에
뒤늦게 희생과 고통 겪은 분들의 아픔 알았지요

학원민주화운동과 노동자대투쟁에 연대했지만
안기부의 사찰을 받거나 수배를 당하지는 않았지요
교사들이 전교조를 만들어 참교육운동하다 해직당
할 때
군대에 있었기에 그들과 함께하지 못했지요
복학해서 글쓰기와 학생회 활동을 계속했지만
구속된 이력 없고 취업난 없어 쉽게 취직했지요

선생은 퇴직 후에도 운동가로 활동하고
오랜 동지들과 모임과 행사를 함께한다 했지요
아직도 연대할 일이 많이 남았다며
뜻깊은 자리에서 자주 만나자 했지요

선생의 이마에는 세월만큼의 주름 새겨 있고
주름 사이로 꽃들 활짝 피어 있더군요

• 경남 민미협(민족미술인협회) 이문희 화가의 그림 제목을 변형함.

희망의 강들이 모여 바다를 이루다

부산과 마산 시민들 간절히 원한 건
많은 돈과 권력을 갖는 것이 아니었다
사상과 언론, 집회의 자유였으며
평등한 사회와 공정한 나라였고
노동3권 보장과 최소한의 생계유지였다

청산되지 않은 친일 군사독재 정부는
국민의 가장 근본적인 권리를 짓뭉개며
유신헌법 만들고 긴급조치권을 발동하여
국민을 감옥에 가두고 고문했다

역사는 언제나 강물 되어 쉼 없이 흘렀다

소박한 희망을 가진 이들이 모여 어깨 걸고
부산대에서 시작해 서면과 광복동에서
독재타도, 유신철폐, 언론자유를 외치며
거대한 바다를 이루어 물결쳤다

마산에서도 경남대에서 발원한 강들 모여
불종거리와 창동에서, 3·15의거탑에서
학생들과 손이 부르튼 노동자들, 시민들이 손잡고
학원자유, 민주회복, 독재타도를 외쳤고
〈애국가〉와 〈우리의 소원은 통일〉을 불렀다

그해 부산과 마산에서 작은 희망의 강들 모여
마침내 역사를 만들며 흐르고 흘러
부산만과 마산만에 모여 거세게 물결쳤다

주남저수지의 초가을

그날, 저수지 나무와 풀들은 푸르렀지만
가을이 새록새록 오고 있었지
매미는 소리 멈추고 살던 나무껍질에
알을 낳고 천천히 죽어갔지
알은 나무뿌리에 살다 몇 년 후에
애벌레 되고 매미가 되겠지

초가을, 저수지엔 철새가 없어 조용했고
저수지 방죽에 한 가족이 걸었지
머리가 흰 노인 부부와 젊은 부부,
부부의 아이가 걷고 있지

순간 아이가 걷다 넘어져 크게 울었지
그 울음소리 온 저수지에 울리고
나무와 풀들의 귓가에 스며들었지
요즘은 아이 울음소리를 듣기 어려운 마을에
지구의 존재를 알렸지

사람의 수명 늘어 노인은 늘어나지만
이런저런 이유로 태어나는 아이가 적어
사람들 걱정이 많아졌지
모두들 사교육비가 덜 들고
아이가 잘 자랄 나라를 만들려 하지

나무가 자기와 상관없는 매미의 알에게
몇 년 동안 젖을 먹여 키우듯
모두는 지구의 안녕을 위해 아이를 많이 낳아
잘 키우는 나라를 만들자고 약속했지

4
부

페이스메이커

달리는 시간과 속도를 잘 조절하세요 살아온 날들
되짚어보고 다가올 일들 상상하며 달리세요 풍선을 몸
에 매달아 공중 부양도 꿈꾸고 옆 사람과 인사를 나누
며 달리세요 나이와 체력에 맞게 무리하지 말고 달리
세요 남은 생에 맞춰 속도를 잘 조절해 더 살아야 하지
않겠어요 마라톤은 완주하는 것보다 자신을 되돌아보
고 미래를 꿈꾸어 보는 일, 어느 시인은 달리며 여러 편
의 작품을 구상한다고 하더군요 달리면서 구상한 작
품은 독자의 관심을 더 받았다나요

보세요 전쟁에서 승전보 알리려 뛰었던 페이디피데
스도 달리고 죽은 손기정 선수도 월계관 쓰고 달리네
요 모두 페이스메이커 주위에서 후생의 무엇으로 태
어날 날짜에 맞추거나 다시 죽어 태어날 날들 셈하며
달리는데요
쉿, 잘 보이지 않지만 옥황상제를 보좌하는 사자들
도 페이스메이커 뒤를 따라 달리네요

결국 당신은 일생의 페이스메이커인 거죠

감자에 싹이 나서

농장 초입에 있는 정자에서 아이들이
가위, 바위, 보 놀이를 하네

주말농장에 심은 감자에 싹이 나고
잎이 무성해지더니 꽃 피었네

감자를 심고 난 후 밭에는 싹을 내는
독기 품은 감자의 거대한 신음 소리는
바위를 깨고도 남았지
달빛이 짜낸 보자기는 가위에게 찢겨
감자의 싹을 감싸고 독기를 빼냈지

착한 싹으로 돌아온 감자는 성실하게
낮에는 태양의 사랑 듬뿍 받으며 자라고
밤에는 죽어가며 젖을 주는 씨감자에게
사랑 전하며 마지막 인사를 건네지

젖과 먹이 주던 씨감자는 죽어 거름이 되고

감자 싹은 자라 마침내 꽃 피우지
줄기는 꽃 핀 후 해와 달, 땅의 기운을 받아
감자를 키우며 말라 비틀어져가지

줄기 뽑은 밭엔 토실한 감자들이 그득하지
바위가 깨지고 난 돌처럼 보자기에 쌓여
가위를 든 요리사에게 전해지지

아이들은 평생 가위, 바위, 보 놀이를 이어가지

2월의 여자들

1

도시 변두리에 꽃샘추위가 오고
놀이기구에서 텀블링하는 아이들,
발을 힘껏 굴러 하늘로 솟아오르자
땅속에서 잠자는 씨앗들이 깨어나
땅 위로 싹을 밀어 올렸다
나무들도 겨울잠에서 깨어나 물관으로
양수를 넣어주어 새순을 밀어 올렸다

뛰어올라 햇살 끌고 내려오는 아이들,
솟아오르는 대지의 생명들 보며
더 힘껏 텀블링하다 노을을 안았다
동생을 배 속에 둔 제 엄마의 품으로
노을빛 가득 전하는 2월의 오후

대지는 임신부들로 가득했다

2

중년의 그 여자가 자동차경주장 따라
가쁜 숨 쉬며 달렸다
카레이서들이 초고속으로 하늘 가르던
욕망의 흔적들을 낱낱이 지웠다

질주하는 자동차 속도에 취해 묻힌
경주장 주위 무정란의 풀씨를 깨우고

씨 없는 열매 여는 과일나무에
그녀는 자신의 난자를 이식했다

남편이 병원에서 정관수술 하는 동안
그녀는 땀방울을 땅에 뿌리며 달렸다

장인이 별세하셨습니다

오랜 지인이 휴대폰에 "장인이 별세하셨습니다"
라고만 짧게 문자 보냈다
그것은 갑자기 장인이 죽어 경황없어
문자를 길게 보내지 못했으나
문자 받는 사람에게 자기도 성의를 보인 적 있으니
알아서 조문하든지 부의금을 보내든지
성의를 표하라는 거였을 거다

또 호칭을 존칭어 아닌 '장인'으로 한 것은
자기도 작년에 사위를 맞았으며
자신과 사위도 결국은
죽음을 맞이한다는 생각에서 그랬을 거다

지인은 문자 보낸 후 자신보다 경황이 없는
상주(喪主)와 아내를 대신해
장례식 일을 서둘러 처리하고 있을 거고
휴대폰 문자 받은 사람들이 정황을 물으면
틈나는 대로 일일이 답장을 보냈을 거다

장인 죽음에 깊은 슬픔에 빠진 상주 대신
사인과 나이, 발인 날짜와 장지를 안내하고
때로는 친한 조문객과 농담까지 나누면서
장인 죽음을 세상에 알리고 있을 거다

창원, 장미공원에 갔다

공장에서 퇴직한 노인과 공장 다니는 자식,
노인의 손자가 장미꽃을 구경했네
노인은 고향에서 지낸 날보다 오래 살았고
자식과 손자들 고향인 창원의 장미공원에서
장미꽃과 가족사진을 찍었네

노인들은 들판과 갯벌 위에 공장을 지었고
철강이나 기계 장비, 탱크나 미사일 만들며
청년과 중년의 세월을 보냈네
시민들은 울창하고 번성하는 들판을 만들려
야근과 특근하며 가족과 살았네

열심히 일하다 때로 불의와 독재에 맞서
민주주의를 염원하는 시민들과 손잡고
거리와 광장으로 나섰네
노동의 권리 보장과 임금, 복지 향상을 위해
철야농성과 단식투쟁을 했네

장미공원은 그런 시민들 열망의 완성작이며
시민을 닮은 꽃향기는 공장으로 전해지고
모든 시민들의 가슴으로 가득 전해졌네

창원, 울창하고 번성한 사람들로 가득했네

잘못 든 길에서 두 번째로 죽다

칠흑 같은 밤에 고속도로의 나들목 지나쳐 다음 나들목으로 나와 들녘이 있는 국도를 달렸다 잘못 든 길은 언제나 지루하고 화나는 일이었으나 길가의 꽃과 작물들은 내게 전생같이 역주행하지 말고 순리대로 살라고 일렀다 세상도 바뀌었으니 다른 사람들과 다투거나 화내지 말고 편안하게 살다가 제명을 다하고 저승에 가라 타일렀다

나는 수십 년 전 잘못 든 길에서 역주행하여 한차례 죽었다가 다시 태어났다 저승에서 옥황상제는 내 역주행의 여정을 알고는 다시 태어남을 허락했었다 또한 다시 잘못 든 길에서 마주친 모든 생명들에게 다시 역주행하지 못하게 길을 안내하라고 일렀다 하지만 다시 태어난 내게 세상은 여전히 호의적이지 않았고 순응하고 살아야 함을 강요했으며 작은 실수도 허락하지 않았다

이번 생에서도 잘못 든 길에서 내 많은 의지와 생각

들이 죽었다

이어달리기를 바라보다
—어느 교회의 가을 운동회에서

어느 큰 교회에서 교인들이 편을 짜
운동회를 하네요
마지막 순서는 이어달리기였는데
선수들은 교인들이 만든 원을 따라 돌아
바통을 이어받으며 달리네요
교인들은 자기편 선수를 응원하네요

이어달리기를 한다는 것은 모든 교인들이
사랑에 대한 확신의 점 찍는 일이지요
창조자의 은혜와 예수의 사랑이
온 세계에 가득하길 바라는 일이며
자신들의 믿음으로 답한다는 약속이지요
믿음을 이어주고 받으며 서로에게
사랑을 주고받으며 살아간다는 것이지요

초등학생이 바통을 중학생에게 넘겨주고
중학생은 고등학생에게
고등학생은 대학생에게

대학생은 중년의 이웃에게
중년의 남자는 노인에게 바통을 넘기네요

노인은 마지막으로 바통을 이어받아
창조자에게 전달하네요

독서는 마음의 양식

고향의 초등학교에 독서상이 여전히 있어요
내 초등학교 시절, 양장 치마 차림으로
클로시 모자를 쓰고 앉아서 책을 읽던 그녀,
지금도 여전히 책을 읽고 있네요

내가 초등학교 졸업 후 독서상의 여인은
누구의 아내가 되었거나
작가나 시인이 되었거나
논술과 동화 가르치는 선생이 되었거나
책을 펴내 이름을 널리 알렸겠지요

독서가 마음의 양식이었던 사람들도
누구의 배우자가 되었거나
책을 가까이하는 직업을 가졌거나
자식에게 좋은 책 읽어주었겠지요

훗날 독서상의 여인은 누구의 할머니가 되어
손주의 손잡고 동네 도서관에 가거나

은퇴한 남편에게 책 읽기를 권하거나
그의 병상에서 책을 읽어주고 있겠지요

독서는 마음의 양식이 되고도 넘치고 넘쳐
세상을 평화롭고 행복하게 하지요

로또복권을 두 장을 산 적 있다

고향 친구 모친상에 조문하러 장례식장에 갔다
조문 후 장례식장 앞에서 친구들과 서성이다가
복권 파는 가게에서 로또복권을 두 장 샀다
한적한 시골의 장례식장과 복권 가게의 관계를
넘겨짚으며 '복권 명당'에서 샀다

그동안 시인이 복권을 산다는 것이 민망해
작정하고 사지는 않았지만 장난삼아
고인이 된 친구 어머니의 큰 '은혜' 기대하며
모른 척하고 로또복권을 두 장 샀다

전업 시인으로는 사는 것은 어려워
수십 년 동안 회사에 다니며 가족을 부양했다
가끔 돈 걱정 없이 글감을 찾아 외국에도 가고
가족 부양 부담 없이 글만 쓰고 싶지만
모든 것을 정년퇴직 후로 미루어왔다

결코 그럴 일은 없겠지만

로또복권에 당첨된다면 원하는 일 실컷 하고
더 건강하고 오래 살 수 있을지 따져본 적 있다
내가 속한 문인 단체에 기부금도 내겠다고
상상하며 실없이 웃어본 적 있다

그러다가, 복권 추첨 시간 후로는
당첨되면 안 되는 이유가 많다고 생각한 적 있다

바다사진관과 시인

그 사진관은 소도시의 바닷가에 있어요
파도는 종일 뭍에 사진을 찍어 보내고
사진관 주인인 시인도 종일 사진 찍어
수평선 너머로 보내고 있어요

사진관이 드문 소도시의 휴일에
아이의 돌 사진을 찍는 가족,
영정 사진을 찍는 노인과
고국에 보낼 사진 찍는 외국 인부들로
사진관은 무척 북적이네요

종일 사진관에는 파도와 바람 소리,
웃음소리 맴돌고
찍은 사진에는 그 소리들이 박혀
바다 냄새가 물씬 나지요
주인은 사진관에서 시 쓰듯이 사진 찍어
손님에게 건네고요

주인은 저녁에 바닷길이 새겨진 몸으로
파도가 지은 집에 돌아가 시를 쓰지요
낮에 찍은 사진을 하나하나 다듬어
바다가 통째로 든 시집 한 권을 만들고 있지요

그날 새벽에 새 친구가 왔다

그날 새벽에 자다가 갑자기 숨이 막혀
집 앞 종합병원에서 급하게 시술해
숨을 쉴 수 있게 되었다
시술 후 깨어나 알게 된 병명은 심근경색,
말로만 듣던 큰 병이 내게 온 거였다

수술 후 병실에서 인터넷을 검색하니
북한의 독재자 부자도 그 병으로 죽었고
많은 유명 배우나 가수들도
그 병으로 죽었음을 알게 되었다
그만큼 사람들에게 갑자기 오는 중병이다

숨이 갑자기 막혀 올 즈음
문학 모임 있어 타지에서 자고 있었거나
산골에 있는 집에 있었거나
시골 고향 집에서 잠자고 있었다면
정말 큰일이 일어날 수도 있던 거였다

언제나 건강을 자신하며 살았던 내게
심근경색은 너무 낯선 손님이다
찾아온 손님을 잘 대해주고 친구 만들어
사이좋게 지내야 하는 운명이 시작되었다

그 할머니의 시 쓰기
—〈손경숙 문자전〉을 관람하다

그 할머니는 마침내 시인이 되었네

일제 말 학교에서 한글 대신 일본어를 배웠고
보통학교 졸업 후 가족 위해 돈을 벌었지
전쟁 겪으며 청소년기 보내고 성인 되어
결혼해 자식들을 낳아 기르고 가르쳤지

당신은 한글도 못 배웠으나 아이들은
고등학교와 대학에 보내며 일했지
자식들 학교 마치고 결혼해 아이 낳고
할머니는 맞벌이하는 자식들과 손자들을

막냇자식 아이들이 초등학교를 마친 후에야
노인대학에 들어가 한글을 배웠지
할머니에게 한글은 복이 되었고
밥주걱과 물병, 행복이 되었네

할머니는 한글을 익히자마자 시를 썼네

일생이 그녀의 습작기였고
그걸 배운 한글로 옮기는 것일 뿐,
할머니가 무슨 일을 하든, 어디를 가든
모든 것은 시(詩)가 되었네

씨 뿌리는 젊은 그이에게

다시 봄이 온 주말농장에는 벚꽃이며
매화와 복사꽃이 가득 피었네
밭에는 냉이꽃, 민들레, 배추꽃들 피어
잔치를 신명 나게 벌여 사람들 초대했네

한 젊은 아빠도 꽃 잔치에 초대받았네
흩날리는 꽃잎들 받으며 밭을 갈아
아내와 아이와 여러 씨앗을 심었네
잔칫상을 받고도 모자랐는지
밭둑에 있는 쑥과 냉이도 뜯네

요즘은 일자리가 줄어 취업하기 어렵고
취업해서도 결혼하려면 살림집 마련과
살림살이 마련에 빠듯한 세상이지
결혼해서도 애를 낳아 키우는 데는
더욱 많은 돈과 시간이 필요하지

그이는 그 어려운 일들을 해내며

한 가정을 가꾸며 농사를 짓기도 하네
땀의 소중함과 자연의 가치를 알고
아이들에게 무공해 채소를 먹이는

그이의 옆에서 밭을 갈던 나는 그이가
대견하기도 하고 고맙기도 했네

은행나무가 많은 우리 동네

우리 동네엔 유난히 은행나무가 많은데
가로수는 거의 은행나무며 공원에도 많다
교통편과 편의시설이 많아 살기 편하고
공원과 호수가 있어 많은 시인들도 살았다

동네의 시인들은 자주 만나 술을 마시며
시와 시단에 대해 논쟁을 벌이거나 가끔
공원과 호수에서 시화전과 시낭송회를 열었다

늦가을엔 공원 은행나무 아래 평상에서
은행을 튀겨 안주로 술을 마시곤 했다
술에 취해 은행나무가 많은 도로를 걸으며
장난삼아 은행나무를 흔들어 알과 잎을 털었다

초고층 아파트와 상가가 더 들어서면서
은행나무와 시인들이 더 늘어갔으며
은행도 많이 들어섰다

사람들은 동네 이름을 은행동이라 불렀는데
시인들은 은행에 자주 가서
읽은 잡지와 신문에서 좋은 영감을 받아
시를 써 동네를 노랗게 물들였다

해

설

유토피아 욕망과 생태 시학

오민석 문학평론가

1

정선호는 사람과 자연을 잘 섞는 시인이다. 사람 없는 자연이 (적어도 사람에게는) 무의미하듯, 자연 없는 인간도 홀로 행복할 수 없다. 그의 시에서는 풀과 꽃, 곤충과 새, 나무와 짐승들이 사람과 어울려 '지복(至福)'의 풍경들을 그려낸다. 그가 그려낸 언어의 그림을 보면, 생태와 인간의 잘 '어울림'이 생존을 넘어 얼마나 복되고 아름다운 일인지 실감하게 된다. 그의 시-그림들은 코로나에 병든 지구-사람들에게 마치 잃어버린 낙원을 보는 듯한 그리움을 선사한다. 그러나 그가 그려내는 유토피아의 풍경은 멀리 있는 것이 아니라, 자연을 전유 불가능한 무한성(the infinitude, 레비나스), 그리고 타자가 아닌 '나-너'(I-Thou, 부버)로 대하는 모든 사람에게 열려 있다. 그에게 있어서 사람과 자연은 지배와 통치가 아닌 스밈과 섞임의 관계에 있다. 그의 시적 미장센(mise-en-scène)은 인간과 자연을 혈연적 사랑과 유대의 관계로 배치한다.

신라의 어느 산성에서 잠자던 연꽃 씨가
후손들 손으로 땅에 심겨
이천 년 만에 꽃을 피워냈다

연꽃 씨는 신라 시대부터 오늘날까지
일어난 모든 일들 안에 적어놓았고
죽은 이와 환생한 사람들 이름을 모두
빼곡하게 적어놓았다

연꽃 씨는 그동안 세계를 일주하고
우주의 모든 별들에 가
씨를 뿌려놓기도 했다

그대, 한 천 년 후에 환생해보라
우주의 모든 별들에 연꽃들이 만발하고
지구에 극락세계가 펼쳐져
모든 이들이 평화롭고 행복하게 지내는 것 보라
　　　　　　　　　　　　　—「연꽃 씨의 여행」전문

근 이천 년 전의 연꽃 씨앗이 마치 타임머신처럼 현재로 날아와 꽃을 피운다. 그 씨앗에는 그동안의 역사와 사람들의 이야기가 다 기록되어 있다. 씨앗은 "그동안 세계를 일주하고/ 우주의 모든 별들에 가/ 씨를 뿌려놓기"까지 했으니, 한 천 년이 더 지나면 "우주의 모든 별들에 연꽃들이 만발"할 것이다. 이런 서사에 "환생"과 "극락세계"가 더해지니, 어느 누가 이 "평화롭고 행복하게 지내는 것"을 마다하리. 시인의 유토피아는 늘 긴 시간대에 걸쳐 있다. 그것은 일종의 역사적 "여행"이다. 그의 유토피아 욕망은 죽은 사람들까지 살려내어("환생") 산 자들과 함께 완성된 축제의 장을 누리게 한다. 이 두꺼운 시간의 축적과 죽은 사람들의 전적인 회귀가 그의 유토피아 공간을 더욱 풍요롭게 만든다. 그의 시선이 '생태'에 가 있다면, 이런 점에서 그의 생태는 '사회·역사적' 생태이다. 그러나 그가 볼 때, 도래할 유토피아의 원동력은 사람이 아니라 자연에 있다. 이런 점에서 생태를 보전한다는 것은 생태의 일부인 인간들이 그것의 기원인 자연의 생명력에 귀를 기울이는 것이다.

죽은 호랑이들 무덤에 꽃 피었네

무더위와 장마가 이어지는 산과 들에

수많은 호랑이들 출몰했네
호랑이들은 두 발을 땅속에 묻고
바람에 흔들리며 으르렁댔네

꽃은 피웠으나 불임의 세월 지내는
운명을 원망하지 않고
순결한 몸을 지키려 울어대는
검은 반점의 호랑이꽃들,

호랑이를 닮아 겉은 강하고 단단하나
순결을 지킨 처녀의 전설처럼
맑고 깨끗한 여름의 산과 들을 지켰네

밤낮으로 소나기 내린 후
햇볕이 쨍쨍 내리다가 매미 울음 그치면
끝내 줄눈을 안고 땅에 떨어졌네

줄눈에 호랑이 유전자 가득 차 있네

—「호랑이꽃」 전문

이 시집에서도 수작(秀作)에 속하는 이 작품은 자연의
넘치는 생명력을 아름답게 보여준다. 시인은 무더위와 장마 끝에 지천으로 핀 참나리꽃에서 호랑이들의 포효를 듣는다. 이 소리는 원초적 생명력의 선포이자 그 끝에 도래할 유토피아의 선언이다. 호랑이 무덤에서 수많은 호랑이가 "출몰"하는 장면은, 일시에 울려 퍼지는 생명의 트럼펫 소리 같다. 시인은 이처럼 원시적 생명력의 유구한 힘을 자연에서 찾는다. 동시에 시인은 자연의 거대한 생명-운동의 한복판에 슬쩍 인간을 끼워 넣는다. 왜냐하면 인간이야말로 자연의 일부이며 자연의 명령을 따라 살 수밖에 없는 존재이기 때문이다.

참나리꽃은 호랑이 무늬를 닮아 "호랑이꽃"이라고 불린다. 참나리꽃 → 호랑이꽃 → 호랑이로 이어지는 환유적 상상력은 호랑이꽃에서 "순결을 지킨 처녀의 전설"을 읽는다. 전설은 '구전으로 오래 전해 내려오는 이야기'이다. 모든 전설은 이런 점에서 민중적 삶의 긴 시간대(역사)를 담고 있다. 이 작품은 꽃을 "죽은 호랑이들 무덤"에서 피워냄으로써 '삶 → 죽음 → 다시 삶'의 순환 구조를 보여주는데, 여기에서 호랑이꽃은 온갖 수난에도 불구하고 끊임없이 되살아나는 오랜 민중의 역사를 슬쩍 암시한다고 보아도 좋다. 호랑이꽃들은 온갖 고난("소나기", "햇볕")을 견디다가 땅에 떨어지지만, 그 속에는 "호랑이 유전자"가 "가득 차" 있다. 호랑이는 불멸의 생명력을 가지고 '환생'의 문법에 따라 자신들의 무덤에서 계속 다시 피어난다.

2

　정선호의 유토피아 욕망은 자연과 사람의 경계를 가로지른다. 자연의 경계를 가로지를 때 그것은 생태 시학의 그림을 그리고, 사람의 경계를 가로지를 때 그것은 냉철한 사회 비판의 힘을 갖는다. 두 경계를 동시에 가로지를 때, 그것은 사람의 일이 자연의 일이고 자연의 일이 사람의 일임을 알려준다.

　　전생에선 가난했던 나라의 저수지에 와
　　주민들의 활을 맞거나 청산가리를 먹어
　　제명을 다하지 못하고 음식이 되곤 했지
　　언제나 불안한 비행을 하다가 봄이 오면
　　배고픈 배를 안고 시베리아로 돌아갔지

　　현생에 저수지가 있는 나라는 부강해지고
　　주민들은 더 이상 철새들을 잡아먹지 않지
　　관광객들이 철새를 보러 구름같이 몰려들고

철새들은 저수지와 들판에서 배불리 먹는 것과

하루에 몇 번 무리 지어 나는 모습만 보여주면 되지

저기 뒤뚱거리며 시베리아로 떠나는 철새 좀 봐

노자도 두둑이 챙겨 떠나는 철새라는 것들

　　　　　　　　　—「저수지의 배부른 철새들이란」 부분

　이 작품은 사람과 자연이 더불어 부유해지는, 넘치는
풍요의 장면을 그리고 있다. 사람의 부로 철새들이 배불
러 "뒤뚱거리며" 떠나는 모습은 유포리아(euphoria)의 극
치여서 희극적이기까지 하다. 지구에서 "부강"한 "나라"
의 건설 과정이 그대로 자연 파괴의 과정이었음을 상기
할 때, 인간의 부와 자연의 풍요가 서로 충돌하지 않는 (이
와 같은) 상태에 대한 소망은 분명 유토피아적이다. 그러나
이런 풍경 속에서 우리가 지극한 '행복감'을 느끼는 것은,
어찌 됐든 그것이 "전생"을 넘어 우리가 도달해야 할 궁
극적 "현생"이기 때문이다. 인류는 이제 자연을 위해 가
난을 선택하거나, 부를 위해 자연을 포기할 수도 없는, 논
리적 아포리아(aporia)의 상태에 직면해 있다. 문제는 이
제 인류가 (자연 파괴의 대가로) 성취한 부를 어떻게 자연의
부로 전이시킬 것인가이다. 문학은 이런 질문에 대한 개
념적 답안을 제시하는 대신, 도래할 미래를 현생의 이미

지로 보여준다.

> 민주화와 노동운동 하다 붙잡힌 이들에게
> 진달래는 붉은 희망을 전했지요
> 민주화운동으로 투옥된 학생들에게
> 개나리는 젊음과 패기를 보여주었지요
>
> 지금, 봄꽃들은 교도소에 정치범 없어지고
> 생계 위해 죄지어 감옥살이하는 이들과
> 경쟁에서 낙오한 소년범 없어
> 교도소가 허물어질 날만 셈하지요
> 허물어지고 거기에 뿌리 내릴 꿈 꾸지요
>
> —「교도소와 봄꽃들」 부분

이 시집엔 정치적 이슈를 다룬 시들도 제법 많다. 정치적 역학이 빠진 생태적 상상력이 공허한 구호에 불과함을 고려할 때, 시인의 정치적 상상력은 그의 '생태학'을 건강하게 받쳐주는 지렛대이다. 정선호의 유토피아 욕망은 이렇게 정치와 생태의 영역을 나란히 통과함으로써, 도래할 미래와 변화되어야 할 현실을 동시에 보여준다. "교도소"에 갇힌 정치범들에게, 봄꽃들은 제각기 다른 이름으로 "붉은 희망"과 "패기"를 전해준다. 결핍의 현실에 갇힌 인간들에게 속삭이는 자연의 메시지는 정겨움으로 가득하다. 봄꽃들은 "정치범"도, 생계형 범죄자도, "소년범"도 없어져 마침내 "교도소가 허물어질 날"을 꿈꾼다. 앞의 시에서 인간의 부가 자연에 전이되는 모습을 볼 수 있었다면, 이 시에서는 궁핍의 인간들에게 자연이 전하는 희망의 메시지를 만날 수 있다.

철새들이 제 깃털로 바람개비를 만들어
저수지 방죽에 심어놓았다
바람개비들은 철새가 안고 온 찬 바람과
남녘에서 불어온 바람에 거세게 돌았다

바람개비들은 돌아 전기를 만들어 나무에 보내
철새들이 날아다니는 길 환히 밝혔다
전깃불은 마을도 환하게 비춰 불빛에
죽은 영혼들이 깨어났다

영혼들은 활과 창을 들고 물고기 잡으려
저수지에 갔고 아침이 오면
바람개비 속으로 들어가
지도를 따라 저승으로 되돌아갔다
—「바람을 낳는 철새들」 부분

아리스토텔레스는 『기상론(氣象論)』에서 지구를 하나의 거대한 폐에 비유했다. 그에 의하면 지구는 커다란 폐로 끊임없이 들숨과 날숨을 내쉰다. 그리하여 그의 『기상론』에서 가장 중요한 개념은 바로 '숨(αναθυμιαση, 영어로는 exhalation)'이다. 숨은 바람의 형태로 지구 위에서 움직인다. 북쪽에서 불어오는 찬 바람(숨)과 남쪽에서 불어오는 따뜻한 바람이 만나, 이슬, 서리, 비, 눈, 우박을 만든다. 이 거대한 '숨-공간'의 모습을 연상하면서 이 시를 읽으면, 그런 지구의 숨을 옮기는 "철새"들의 아름다운 풍경이 그려진다. 철새들은 "제 깃털로 바람개비"를 돌리고, 그것으로 인간은 전기를 만든다. 이렇게 생성된 전기는 철새들의 길과 인간의 마을을 "환하게" 밝힌다. 다른 시들에서도 그렇지만, 이 작품에서도 자연과 인간은 분리 불가능하며 상대를 타자화하지 않는 완벽한 '나-너'로 존재한다. 시인은 이 가장 이상적인 존재태에 수천 년 전의 "영혼들"까지 불러들임으로써 원시적 생명력으로 충만한 공간을 만들어낸다.

3

문학적 모더니즘은 환멸과 절망, 불안과 좌절로 세계

를 대했다. 그들에게 세계는 그 자체 악몽이었으며, 문학은 그것에 대한 신경증적 대응이었다. 말하자면 모더니즘 이후 근 백 년여 동안 우리는 고뇌와 부조리와 절망의 언어 더미 속에 묻혀 있었다고 해도 과언이 아니다. 그 지긋지긋한 디스토피아의 바닥에서 볼 때, 정선호가 그려내는 유토피아의 풍경들은 그 자체로 큰 위안과 희망으로 다가온다. 유토피아는 문자 그대로 아직은 '없는 세계'이지만, 언젠가는 도래할 세계이기도 하다. 유토피아 욕망이 없었다면, 인류의 역사는 단 한 치의 진전도 없었을 것이며, 앞으로도 없을 것이다. 우리가 유토피아의 그림에서 '허구'만 읽지 않고 '희망'을 감지하는 것도 바로 이런 이유 때문이다.

그 사진관은 소도시의 바닷가에 있어요
파도는 종일 뭍에 사진을 찍어 보내고
사진관 주인인 시인도 종일 사진 찍어
수평선 너머로 보내고 있어요

사진관이 드문 소도시의 휴일에
아이의 돌 사진을 찍는 가족,
영정 사진을 찍어두는 노인과
고국에 보낼 사진 찍는 외국 인부들로

사진관은 무척 북적이네요

종일 사진관에는 파도와 바람 소리,
웃음소리 맴돌고
찍은 사진에는 그 소리들이 박혀
바다 냄새가 물씬 나지요
주인은 사진관에서 시 쓰듯이 사진 찍어
손님에게 건네고요

주인은 저녁에 바닷길이 새겨진 몸으로
파도가 지은 집에 돌아가 시를 쓰지요
낮에 찍은 사진을 하나하나 다듬어
바다가 통째로 든 시집 한 권을 만들고 있지요

—「바다사진관과 시인」전문

이 고요한 그림에서 우리는 자연과 인간의 막힘 없는 교류, 경쟁이 없는 느린 노동, 아름다운 가족공동체, 인종의 경계를 뛰어넘는 '평화롭고도 존엄한' 풍경을 만난다. 첫 번째 연은 파도와 사진관 주인(시인)이 서로 사진을 찍어 보내며 교류하는 모습을, 둘째 연은 3대에 걸친 가족과 외국인 노동자들이 연출하는 소란스러운 행복을, 셋째 연은 자연과 인간과 시가 아무런 갈등 없이 '너'에게

'나'가 되고, '나'에게 '너'가 되는 '나–너'의 풍경을, 넷째 연은 사진관 주인인 시인이 "바닷길이 새겨진 몸으로/ 파도가 지은 집에 돌아가" 시를 쓰는 충일한 모습을 보여준다. 시인의 몸에 "새겨진" 바닷길이 시인에게 바다가 "통째로" 든 시집을 준비해주는 장면은 인간과 자연의 완벽한 합일의 순간이 아니고 무엇인가.

정선호의 생태 시학은 망가진 현재를 질책하는 쪽보다 도래해야 할 유토피아의 모습을 보여주는 쪽을 선택한다. 이것은 희망으로 절망을 다독이고, 아름다움으로 추함을 자성하게 하며, 강제 대신에 정겨운 동의를 유도하는 전략이다. 시인의 이런 태도는 비난과 미움과 증오의 정치학을 평화와 사랑과 존중의 시학으로 대체한다. 그는 쓰러진 자에게 일어설 미래를 보여주고, 망가진 지구에게 아름다운 초록별을 보여주며, 절망의 동굴에 희망의 빛을 비춘다. 그의 유토피아 공간엔 낭만주의자들의 그것처럼 (인류를 질책하는) 자연만이 살아 독야청청하지 않는다. 그곳엔 수천 년을 이어온 인류의 역사가 함께하며, 정치적 상상력이 가동되고, 격려와 사랑 속에 인간과 자연이 하나가 된다. 그의 유토피아 욕망은 현실 정치학의 매개를 거치므로 건강하고, 그의 정치학은 생태학과 함께하므로 포괄적이고 전 지구적이다. 그리고 이 모든 시각의 근저엔 원시적 생명력이라는 무한한 자원이 있다.

이 시집에서 야생과 문명의 사유는 충돌하지 않으며 서로 합쳐져서 더 큰 유토피아의 동력이 된다. 그의 유토피아는 현실에서 출발하여 도래할 미래를 향해 간다. 그에게 있어서 현실은 성찰의 대상일지언정 포기의 대상은 아니다. 도래할 미래가 결핍의 현실을 끌고 간다. 그리고 그 끄는 힘엔 아무런 강제성이 없다. 현실은 아름다운 미래의 풍경에 매혹당함으로써 미래에 더 가까이 가고, 먼 과거는 완성될 유토피아로 끊임없이 호출된다. 그리하여 시인은 모든 것이 극복되고 보상된, 유쾌한 축제의 풍경을 꿈꾼다. 이 시집은 그런 도정으로 가는 풍경들의 기록이다.

삶창시선

———